无敌钥匙奶奶：典藏版．第二季

钥匙奶奶的家庭餐厅

[日] 手岛悠介 著
[日] 冈本飒子 绘
林少华 译

U0880453

人民东方出版传媒
People's Oriental Publishing & Media
東方出版社
The Oriental Press

图字：01-2023-2519号

图书在版编目（CIP）数据

无敌钥匙奶奶：典藏版．第二季．钥匙奶奶的家庭餐厅 /（日）手岛悠介著；（日）冈本飒子绘；林少华译．—北京：东方出版社，2023.10
ISBN 978-7-5207-3556-8

Ⅰ．①无…　Ⅱ．①手…②冈…③林…　Ⅲ．①童话—日本—现代　Ⅳ．①I313.88

中国国家版本馆 CIP 数据核字（2023）第 127520 号

无敌钥匙奶奶：典藏版．第二季
（WUDI YAOSHI NAINAI: DIANCANGBAN. DI-ER JI）

作　　者：[日] 手岛悠介
绘　　者：[日] 冈本飒子
译　　者：林少华
策 划 人：黄　娟
责任编辑：潘朵朵
责任审校：曾庆全　孟昭勤
出　　版：东方出版社
发　　行：人民东方出版传媒有限公司
地　　址：北京市东城区朝阳门内大街 166 号
邮　　编：100010
印　　刷：北京文昌阁彩色印刷有限责任公司
版　　次：2023 年 10 月第 1 版
印　　次：2023 年 10 月第 1 次印刷
开　　本：880 毫米 × 1230 毫米　1/32
印　　张：35.5
字　　数：200 千字
书　　号：ISBN 978-7-5207-3556-8
定　　价：240.00 元（全 10 册）
发行电话：（010）85924663　85924644　85924641

译　序

这套“无敌钥匙奶奶”系列故事，是写给小学生，尤其是低年级小学生的课外读物。一套十本。除了“钥匙奶奶”，每本出场的小学生和老师等人的名字各不相同，故事也不一样。因此，既可以作为系列故事阅读，又可视为各个相对独立的故事。

故事有很强的现实性，几乎每本都围绕儿童成长过程中时常遇到的一个问题展开。比如本来学习数一数二的孩子考试突然考了“35 分”时应该怎么办？受到老师意外严厉的不公平的批评时应该怎么办？被同学误会了而自己又很难解释时应该怎么办？遇到个别同学对刚来的转学生或者外国学生不够友好时自己应该怎么办？爸爸妈妈因为工作忙而无法给自己办生日庆祝会时应该怎么办？同学患病的弟弟相信世界上真有圣诞老人并且想在平安夜见圣诞老人时自己应该怎么办？自己养的宠物狗被坏人拐跑时应该怎么办？去外国旅行时碰上莫名其妙或者感到害怕的场景时应该怎么办?

也就是说，这十本书关乎学习，关乎爱心，关乎勇气，关乎友谊，关乎同学之间的交往，关乎师生之间的关系，关乎求知欲、好奇心和想象力，也关乎亲子之间的理解和情感。对此，书中不仅提出了令人心悦诚服的解决方案，而且故事本身不落俗套，十分引人入胜。作者以敏锐的感觉、轻灵的笔触、温馨的情思刻画出了一个个善良勇敢、蓬勃向上、生动可爱的男孩儿女孩儿形象，为儿童的成长提供了许多有益的启示。

与此同时，“无敌钥匙奶奶”系列故事还有明显的童话元素。这集中体现在“钥匙奶奶”身上。她无所不能，来去无踪，总是在“钥匙孩儿”（因父母上班不在家而自己带钥匙的孩子）最需要帮助的时候忽然出现，又忽然消失。对于孩子——当然包括非“钥匙孩儿”——钥匙奶奶既是奶奶，又是妈妈、姥姥以至所有关心下一代的成年人的化身。她慈祥、坦诚、机智、幽默，不仅在现实生活中为孩子们排忧解难，而且以丰富的知识和阅历在思想品德上言传身教，告诉孩子如何做人，激发孩子的求知欲和想象力。前面说了，钥匙奶奶是唯一贯穿十本书的主人公。她像黄昏时分绚丽的夕晖，照得每个孩子发出动人的光彩，又像夜半旅途远方的灯火，引导孩子迈出坚实的脚步。

在这个意义上，这套书可以说是非童话体裁的童话，是极具日常现实性的童话。

曾几何时，童话字里行间静静流淌的小溪，滋润着你心间刚刚萌发的幼苗；童话纸页闪烁的点点银星，引发过你无边的遐思和幻想。而同时激起的初心和人生图像，无疑是你一生最可宝贵的精神财富。而现在，网络上的图像和视频在很大程度上消解或固化了童话催生的内心视像，限制了跳跃性思维的生成和发展。

跳跃性思维关乎悟性。什么是天才，天才就是悟性好的人。即使在这个意义上，也要回归童话，回归文字阅读。说绝对些，没有文字阅读，就没有童话。

文字阅读，当然要阅读好的文字。尤其是儿童，更要阅读好的文字。这是因为，儿童的语感、语言感受力十分稚嫩、敏感和脆弱。如果经常接触不适当的语言文字，势必影响儿童语感的萌发和形成，进而影响对于语言文字的审美感觉。也就是说，语感关乎美感，而美感关乎幸福感。幸福从何而来？无须说，在温饱不成问题的前提下，更多地来自日常性审美感受和审美能力。而语言文字审美占了其中很大一部分，甚至是其他审美感受的基础。

举两个最简单的例子。早上出门碰上好天气时，想起“天朗气清，惠风和畅”的人相比于想不起来的人，肯定要高一个审美层次。同样，看见一轮明月，想起“明月几时有”，看见晚霞，想起“落霞与孤鹜齐飞”的人，肯定比想不起来或者无动于衷的人多几分幸福感。正是在这个意义上，我曾说如果一个人不懂宋词之美，那可真是赔大了、损失大了——那等于主动放弃了几乎不用花钱就能得到的幸福感、“不劳而获”的幸福感！

然而必须说，现在的儿童读物、儿童文学，好的文字、好的语言似乎不是很多。至少我接触的翻译作品，情况大体如此。可能有不算很少的作者、译者觉得反正是给小孩子看的玩意儿，何必那么较真儿！而我认为，大人看的东西倒也罢了，而给儿童看的，必须较真儿，怎么较真儿都不为过。正是出于这样的认识、这样的使命感——请别怪我狂妄——我接受了东方出版社的翻译邀请，七十岁的我得以“冒充”七八岁、十来岁的儿童来翻译这十本书。这让我重拾童心，重回童年少年岁月，那真是一种妙不可言的幸福感。

但愿无数小读者在读的过程中，也会获得妙不可言的别样幸福感。我期待着！

二〇二三年于乡间书屋

时九台秋高气爽花果飘香

（林少华，文学翻译家，散文家，学者，中国海洋大学教授。祖籍山东蓬莱，1952年生于吉林九台。毕业于吉林大学研究生院。曾任教于暨南大学、长崎县立大学，亦曾在东京大学从事学术研究。著有《落花之美》《为了灵魂的自由》《乡愁与良知》《高墙与鸡蛋》《雨夜灯》《异乡人》《小孤独》《林少华看村上：从〈挪威的森林〉到〈刺杀骑士团长〉》《言之无文行而不远》《林少华的文学课》。译有《挪威的森林》《海边的卡夫卡》《奇鸟行状录》《刺杀骑士团长》等村上春树系列作品，以及《心》《我是猫》《罗生门》《雪国》《金阁寺》《失乐园》《在世界中心呼唤爱》等日本名家作品凡一百余部，广为流布，影响深远。2018年以其杰出的翻译成就和对中日文化交流的贡献获日本“外务大臣奖表彰奖”。）

目录

阿卓的生日庆祝会 …………………… 002

“爱加爱之家”公司的大会战 ………… 008

看不见的电视广告 …………………… 026

家庭餐厅的外卖到了 ………………… 041

落下的仙客来 ………………………… 074

连环画剧——《吹牛大王赚钱记》…… 088

后　记 ………………………………… 101

阿卓的生日庆祝会

放学回家路上，空中呼呼刮着寒风，路两旁的榉树枝条惊慌地拧来拧去，随风动个不停。

“那么，拜拜！”

良太在超市前和同学高志告别，然后马上像小乌龟似的把脖子缩进套头毛衣里。

“良太君！”

这时，背后有人叫他。

良太回头一看，是同在三年级但与自己不同班的友里。看样子友里很冷，她把脸围在粉色长围巾里面。

良太和友里从上幼儿园起就是好朋友。

“良太君，我弟弟阿卓的生日庆祝会……”

“啊，妹妹说接到邀请了，正高兴着呢！”

阿卓是友里的弟弟，良太的妹妹叫美香，两人都是一年级。

“正发愁呢！本来定在星期六，可

是星期六妈妈要和美国来的客户商谈工作……”

“那么，生日会停办了？”

友里点点头，开始迈步。

“阿卓很不高兴，说对不起要来的同学。妈妈说既然生日是十二月二十日，那就和圣诞节一起庆祝。问题是平安夜没有同学会来的吧？”

“不过我想毕竟工作要紧，生日会停办也是没办法的事。”良太说。

良太很了解友里妈妈的情况。因为今年阿卓也是一年级学生了，所以阿姨外出上班了。工作是英语图书翻译和与外商洽谈。有时即使是节假日，她也不休息。

友里说："我要是会做东西吃的话，生日会倒是可以继续……"

"我来帮忙！我嘛，咖喱饭还是会做的哟！"

听良太这么说，友里心情开朗起来。

"我们都是有妹妹有弟弟的钥匙孩儿啊！只要同心协力，阿卓生日会什么的，应该不成问题。"

"不成问题！再说买蛋糕也是个

办法。”

“下次再商量吧。一年级放学早，阿卓肯定肚子饿了，正在家里等我。”

“美香也在等我。我叫她不要碰煤气炉，她怕是冻得浑身发抖了。”

天空依然寒风呼啸。

“那么，为了正挨冻的小美香，你快回家吧！”

“你也得赶快回去，为了正饿肚子的阿卓……”

良太和友里笑着相互挥手告别。

“爱加爱之家”公司的大会战

这个时候，街上一家名叫“爱加爱之家”的小公司里正在开会。公司只有三人：经理、处长、科长。

大腹便便的经理一边给烟斗点火，一边煞有介事地说：

“说起‘家庭套餐’，你俩脑海里会出现怎样的印象？”

像菜豆一样细细高高的处长站起回答了。他的遣词造句有些怪里怪气：

“在雏菊花盛开的独门独院的房子里，住着爸爸、妈妈、小男孩儿一家三口。在亮堂堂的餐厅里，三人围在一起津津有味地吃着浇了炖牛肉的意大利面条。头扎蝴蝶结的马耳他犬，不愿意吃狗食，汪汪叫着也要吃炖牛肉。”

“言之有理。那么，科长你看如何？”

经理这么一问，三块豆腐高的科长站起身来：

“近来没有什么家庭套餐了。感觉

像是一个小男孩儿在一没爸爸二没妈妈的公寓套间里，一边用遥控器播放着电视，一边独自吱溜溜吸食着方便拉面。”

“噢，好，就这么干！”

经理活像大相扑上台一般霍然立起：

“家庭套餐那玩意儿，已经从日本消失了。大部分父亲，一个月能和家人吃两三顿饭，那就算不错的了。过去那种和爷爷奶奶一起吃晚饭的家庭，在这大城市里，估计也就十来家吧！”

菜豆处长以讨好的语调说：

“那么，头儿，接下来公司干什么好呢？”

“别叫头儿！叫总经理！”

经理厉声训斥处长，一股烟雾从鼻孔喷了出来。

“我们做慈善事业。有句老话说，‘一座村子支撑一个孩子的成长’，千真万确！我们的事业，就是要为不晓得亲情滋味的孩子们，提供有一点全家团圆意味的家庭套餐！”

经理有些粗声大气了。

“要把往日温暖身心那样的家庭套

餐，端到孤苦伶仃的钥匙孩儿面前！而且不是普普通通的外卖，不是轰隆隆开着摩托车送的意大利比萨饼。除了家庭套餐，还要把爸爸、妈妈、爷爷、奶奶整套送去！”

“头儿，您是说要把爷爷奶奶都装到摩托车上送上家门？”

科长眼珠子叽里咕噜转个不停。

“正是，溜溜球。我们的公司，是把家庭套餐送到每个家庭面前的公司。叫‘家庭套餐’没有品位，不如改称‘家庭餐厅’——以钥匙孩儿为对象的买卖。”

“且慢，头儿，慢着！”

处长以一种似乎散发着甜腻腻香水味儿的口气插嘴了：

“可是我们配送给钥匙孩儿的爷爷奶奶在哪里呢？从老人‘休闲之家’里领来吗？再说，配送完了，是不是还要像取吃完的寿司空盒那样去取爷爷奶奶呢？”

“长竿子！你那种娘娘腔调，快给我免了！”经理大声呵斥。

——你也看明白了吧？这三个人要扎上领带，打扮得像上班族那样。其实他们就是《钥匙奶奶化身邦女郎》《钥匙奶奶的冒险岛之旅》中出现的那三个恶人。

他们本来被警察给逮起来了，是什么时候从监狱里出来或者逃走的呢？

经理，不，大胡子眼望窗外说：

“我连细节也考虑到了，你俩不必担心。不过话说回来，嘴上说要什么慈善事业，却要从钥匙孩儿身上赚钱——我们不能算是男子汉啊！

“其实，只要成长环境好，我们也早就从东大或早稻田大学毕业出来了，哪里会琢磨这种莫名其妙的勾当呢！肯定早就这么扎着领带，当上堂堂正正的经理、处长、科长了！”

大胡子叹息一声，坐在破旧的沙发上。

“对了，往下怎么宣传家庭餐厅呢？溜溜球，你可有好点子？”

突然间，溜溜球唱起跑调儿的歌来：

啊　猴山上的猴哟

又打秋千　又爬梯子

看上去聪明伶俐

可不要学人哟

要拿出猴特有的点子

“什么呀？那是！居然说我们的智慧是猴的点子！”

大胡子从沙发上一跃而起。

溜溜球冷静地说：“头儿，不是这样的。这支歌是从钥匙奶奶书上学来的。说起钥匙孩儿的朋友，钥匙奶奶才是。叫‘钥匙奶奶的家庭餐厅’怎么样？”

大胡子额头上聚起皱纹，抱臂沉思。

“我也有个好主意。哎，头儿，听我说，”长竿子开口了，“有个极好的广告方法，叫作‘下意识效应’。我很想用在电视广告上。”

“‘下意思效应’？什么呀，那是？猴又上来了？”经理大眼珠子一瞪。

“不是下意思，是‘下意识效应’。这种效应，在电视上是看不到的，是语音反复播放、语言不断重复产生的

结果。不知不觉之间，广告中的话就刻录在脑浆褶里，进入脑内。

“举个例子吧，头儿。‘你将来当小偷、当小偷’——如果一直这么喋喋不休，听的人就会自觉不自觉地全都当了小偷。美国人的发明！”

溜溜球“啪”一下子拍手说：

“妙！那就以‘下意识2毫米效应’①进行好了！给全日本的钥匙孩儿配送爷爷奶奶，让他们欢欢喜喜好了！

---

① 编者注：溜溜球等人并不理解“下意识效应”这个概念，所以想当然地仿照着生造了新词，下文中的“下意识天然效应”“下意识营养效应”“下意识补钙效应”都属于生造词。

“这可比电视广告好多了，那花多少钱也收不回本儿来！”

“傻瓜蛋！”

经理，不，大胡子突然站起身来，脑门儿上像蹿起了火苗。

“胡说！几个亿宣传费从哪里来？！不过，且慢，有个绝招儿！‘下意识天然效应’毕竟是看不见的宣传，你俩要对孩子们这样说，”头儿突然换成令人肉麻的声音，“小同学们，家庭餐厅的‘下意识营养效应’的广告，你们可知道？是的，对小同学们也应该有‘下意识营养效应’的哟！喏，想订家庭餐厅外卖了吧？是吧，是很想订了吧？”

头儿重新换回大嗓门儿，继续下文：

“就这么说，因为孩子们毕竟对科学大有兴趣，所以我想‘下意识营养效应’会打动他们的。一来二去，订单自会蜂拥而来。明白了？脑袋这玩意儿，是活着的时候用的！”

看不见的电视广告

良太在学校里听到了奇妙的传闻——有个叫“钥匙奶奶的家庭餐厅”的地方，和外卖盒饭一起出租爷爷奶奶。

和良太要好的高志兴致勃勃地说：“我还听说如果是爸爸经常不在的‘爸爸缺席’之家，那么爸爸也会到场。要是五年级钥匙孩儿有要求，爸爸、妈妈、爷爷、奶奶四人都会到场，简直皆大欢喜。”

“可是要价很高吧？”

有那么多人来，怕是要好几万日元。[①]

“说是一人1000日元。”

“一人1000日元？够便宜的啊！”

“良太，我们也是钥匙孩儿，两人一起订个‘钥匙奶奶的家庭餐厅’可好？作为老是留守看家的钥匙孩儿，早就没了家庭餐厅的快乐。”

“那个餐厅，和钥匙奶奶没有关系的吧？”

---

① 译者注：1万日元约等于519元人民币。

因为涉及钥匙奶奶，良太放不下。

“好像无关。大概钥匙奶奶只是那家餐厅的商标罢了。咱俩迟早试一次？”

第二天，一个叫阿透的同学在教

室里这么说道："听说'钥匙奶奶的家庭餐厅'在电视上宣传了，像是很大的餐厅哟！"

幸司装出"万事通"的样子，得意扬扬地说："那个广告，据说是看不见的电视广告。图像与图像之间，加了仅仅 0.012 秒的广告。这么着，虽然广告看不见，但广告会在无意识之间进入看的人的记忆里，这叫'下意识天然效应'。"

良太忍不住地问：

"幸司，虽然广告看不见，但如果总是一次次听零点零几秒的'大王拉面好吃、大王拉面好吃’，我们就会真的喜欢上大王拉面吗？”

大家笑了起来。高志调皮地说：“我可是觉得自己好像看见了‘钥匙奶奶的家庭餐厅’的广告。”

“我也一样。虽然没看见，却有‘下意识补钙效应’，厉害厉害！”

阿透佩服地说罢，最最喜欢星星和宇宙的山下君笑着开口了：“这就叫‘下意识效应’嘛！要是来到地球的外星侵略者在全世界的电视上做宣传，你看会怎么样？国与国之间就会打仗，人和人之间就会争斗，人类毁灭都有可能。是吧？

“所以，假如神在电视广告上使用‘下意识效应’，你看会怎么样？国与国之间就没有战争了，人和人之间就能相互友爱、和平相处。可我不相信电视有那个本事。”

高志反驳山下君：“不管怎么说，‘钥匙奶奶的家庭餐厅’那样的宣传，也没什么不可以的吧？我和良太商量商量，找机会试一次。是吧？良太。”

良太点了点头。

良太刚一放学回来，提着手提袋的美香就从家里跑了出来：

“啊，哥，我去阿清家玩儿，可以吧？”

“可以是可以，可你吃了什么没有？”

“吃了咖喱面包。”

“早些回来，别太晚！”

“嗯，我走啦！”

良太目送美香，然后看了一眼邮箱。

他拿出一张传单，吃了一惊，原来是“钥匙奶奶的家庭餐厅”的广告。

上面写着“电视上，看不见的广告播放中”，还免费赠送钥匙奶奶连环画剧。

温馨的全家团圆
电视上，看不见的广告播放中
钥匙奶奶的家庭餐厅
和香喷喷的家庭套餐一起
爸爸妈妈爷爷奶奶全都到场
孩子们请！！一人1000日元
统统到齐只需30分钟
咨询电话 0120-555-00X
太好了！
对持有这张传单的孩子，赠送钥匙奶奶连环画剧

良太忽然心生一计，一进家门就赶紧按下按钮式电话机。“咔嚓”，对方接起。

“友里？我是良太……”

“什么事？良太君。”

“‘钥匙奶奶的家庭餐厅’，知道不？”

“知道。它面向小家庭，和套餐一起配送像是家人的几个人，这是真的？”

良太提高嗓门说：

“真的哟！我看到广告了，它还表演钥匙奶奶连环画剧。我想去你家商量阿卓的生日庆祝会，这就过去好吗？”

“好！就是说，阿卓的生日会上，也请派送爷爷奶奶？”

“是啊。咱们两个都是钥匙孩儿，爷爷奶奶又都在乡下，很难见到。好了，我这就过去。”

友里家的公寓离得很近。良太锁好房门，一阵风似的跑了出去。

到了友里家，良太把自己知道的全都说了一遍。阿卓也出来听了。

“和高志一起订‘钥匙奶奶的家庭

餐厅'的事儿，往后推一推。哎，阿卓的同学们肯定高兴。阿卓也会高兴的吧？同学那边，阿卓叫了几个？”

阿卓弯起手指说：“美香、阿刚、阿健、阿和，还有我。”

友里说：“加上良太君和我，七个人，一共需要7000日元。我想妈妈会给的，毕竟是阿卓的生日庆祝会。”

良太赶忙说：“美香和我的份儿，我来出。”

“只要能办一个开心的生日会，钱的事无所谓。”阿卓情绪高涨，“‘钥匙奶奶的家庭餐厅’？真想生日会快到来啊！”

不过，还是得和友里的妈妈商量

一下才行。

这天晚上，良太接到了友里打来的好消息电话：

“给‘钥匙奶奶的家庭餐厅’打电话了，讲了生日会的日期和到会人数。我说爸爸出差妈妈上班，那边说来五个人：爸爸、妈妈、爷爷、奶奶，还有哥哥。这样，费用7000日元。良太君，我们玩个痛快的！”

家庭餐厅的外卖到了

阿卓的生日。

友里家的公寓套间里，大家急不可耐地等待着“钥匙奶奶的家庭餐厅”外卖的到来。

餐室里的圆形餐桌拉成了大大的椭圆形，椅子虽不统一，但多少人都能坐下。

下午三点零三分，门铃响了，友里应声接起。

“久等了！我们是‘钥匙奶奶的家庭餐厅’！”

阿卓他们“噔噔噔噔”跑向门厅。

进来的是三个人。一个人身穿时髦毛衣、胖胖的，一个人扎着花围裙、头发一圈圈卷起、瘦瘦高高的，两人手里都拎着大旅行包。

还有一个人是胖墩墩的厨师，头戴白色高帽、身穿白色制服、两手提着银色外卖盒。

阿卓歪起脖子问：“只来三个人？爷爷和奶奶呢？”

卷发阿姨面带微笑，身上一股香水味儿。

“都来了。我是妈妈，请叫我‘妈妈’。这边胖胖的，是你们的‘爸爸’哟！”

好一个粗手粗脚的“爸爸”啊！良太和友里对视一下，险些笑出声来。

厨师“扑扑通通”走上来，一头扎进厨房，好像开始准备什么了。

阿卓紧靠着“妈妈”，不依不饶地问：

“哎，哥哥不也来了吗？在哪儿呢？”

“爸爸”一边往餐厅走一边回答：“全都来了，放心就是。入了座，我来介绍。今天是小同学你的生日，是吧？你叫什么？”

“阿卓。同学阿刚、阿健、阿和、美香。还有我姐姐和姐姐的同学良太君。”阿卓把大家都介绍了一遍。

“妈妈”看着餐室的餐桌说：“好漂亮的餐桌！好了，都入座吧！”

大家高兴地坐在椅子上。大胡子“爸爸”、头发一圈圈卷起的“妈妈”并坐一起。

厨师先是把红色仙客来盆栽花摆在桌面上，然后开始端来菜肴。

大鲷鱼、小鰤鱼、栩栩如生的龙虾生切片、金枪鱼肉块儿、甜虾、墨斗鱼、鲍鱼、海胆……五颜六色的生鱼片在白木船上堆积如山，“咚”一声放在餐桌中央，让人直流口水。

“爸爸”高高兴兴发号施令：“今天是阿卓君的生日。快把吃的喝的端来！”

厨师匆匆忙忙地端上桌来。

每个人的眼前都有美味佳肴：

上面放有厚牛排和草莓的煎蛋卷、清汤，还有倒在杯里的橙汁。

“好丰盛啊！山珍海味！”来客阿健抽了抽鼻子。

“厨师，别忘了生日蛋糕！”

“妈妈”说完，插有七支蜡烛的生日蛋糕就摆上了桌子。

只是，总觉得那蛋糕小得可怜。尽管这样，阿卓还是欢叫起来：

“棒极了！我的七岁蛋糕！”

厨师一边用打火机点燃蜡烛一边说：

“其实，我就是家庭成员的‘哥哥’，请把我算进去哟！那么，阿卓，吹灭蜡烛火苗吧！”

“噗——”，阿卓一口气吹灭七支蜡烛摇曳不定的火苗。紧接着，“爸爸”“妈妈”“哥哥”以浑浊的声音唱起《生日快乐歌》：

Happy birthday to you（爸爸）

Happy birthday to you（妈妈）

Happy birthday to you（哥哥）

尽管歌声滑稽[1]，但良太和友里还是强忍住笑，跟着唱了起来。五个一年级小学生被这阴阳怪气的《生日快乐歌》弄得目瞪口呆，但也只好跟着唱。

不仅如此，更让人吃惊的是……？

“爷爷”和“奶奶”不知何时悄悄

① 译者注：原文中，三人英语发音不准。

坐在了“爸爸”和“妈妈”身边！

但那是似乎需要使用口技配音的人偶，想必是从大旅行包里拿出来的。

“爷爷”长着一张气势汹汹的脸。“爸爸”轻轻摇晃着“爷爷”人偶，让他一起唱《生日快乐歌》。“奶奶”呢，居然是可爱的钥匙奶奶！

卷发“妈妈”自我陶醉起来，让脸颊圆鼓鼓的“钥匙奶奶”人偶一蹦一跳地起舞。

“爸爸”满脸堆笑地说：“爷爷、奶奶、妈妈、哥哥、我和孩子们！今天是快乐的阿卓的生日，大家一起庆贺吧！那么，用橙汁干杯！阿卓，生日快乐！干杯！”

“爸爸”不知何时从哪里拿出来威士忌酒杯，高高举起。

“干杯！”

“干杯！”

孩子们也用橙汁干杯。“妈妈”像孩子似的欢天喜地。

“哥哥，切蛋糕吧！大人们不要的……”良太对手拿切刀的“哥哥”说，“蛋糕嘛，我也免了。”

小蛋糕切成了七块，成了三角形奶酪的样子。友里也客气了一句：“我也不用了。”

一年级的同学们吃着蛋糕，喝着橙汁，全都两眼放光，抓起筷子朝生鱼片船伸去。

“我要来只甜虾！”阿卓说。

不料，《开花爷爷》[1] 中的“坏心眼儿老爷爷”突然粗声大气地说：“一会儿再吃，先听叔叔说话！”

---

① 译者注：《开花爷爷》是一则日本寓言故事。正直的老爷爷在家里养的狗的带领下挖出了宝物，并让枯木开花了。而邻居家的贪心的坏心眼儿老爷爷也如法炮制，结果却失败了。

大家吃了一惊，看着“坏心眼儿老爷爷”。

“坏心眼儿老爷爷”手舞足蹈地说了起来。因为是“爸爸”的嘴唇在动，所以这明显是一种口技。

“很久很久以前，发生了一场大战。吃的东西没有了，人们全都吃草叶、啃树根。至于美味佳肴，做梦都梦不见，梦见的顶多是带馅儿面包啦、炸肉饼什么的……”

“这故事真没意思。这牛排看上去好香啊！”

阿健拿起刀叉，准备动手切牛排。

还没等切，“钥匙奶奶”人偶开口了：

“牛排等等再吃！”

这女高音是“妈妈”的口技。

“听完钥匙奶奶的歌再吃吧！歌名叫《爱的电话》，以前的流行歌曲。”

“钥匙奶奶”人偶在“妈妈”的操纵下，嘴巴一张一合、拳头一摇一摆，开始唱道：

丁零　丁零　丁零零

你为什么不给我来电话

本来已经拉钩发誓说好了

这是一支能够让人想起什么的听过的歌。

但是，阿卓、美香也好，阿健、阿刚、阿和也好，全都顾不上听那高一声低一声的歌了，一齐朝寿司伸出筷子。

筷子刚要夹起寿司，“爸爸”见状说道：“大家先等一等！”

“爸爸”大概醉得不轻，脸红红

的——自己倒成了金枪鱼最好吃的部位。

阿卓噘起嘴来："快让人家吃吧，叔叔！"

"我肚子饿得瘪瘪的了，叔叔！"

"不是叔叔，是爸爸。不过，这么聚集一堂，真不错啊，还是有家好！就算逢场作戏，也让人深感温馨！"

"爸爸"简直像背文艺汇演的台词似的，说得相当夸张。他又看着友里说："小姐姐，实不相瞒，这温馨的'家庭餐厅'的定金嘛，开吃之前每人……七人份，7000 日元……"

说着，“爸爸”在友里眼前张开八角金盘[1]树叶般的大手。

友里给了钱，“爸爸”像朝钱作了个揖似的，然后把钱窸窸窣窣藏进毛衣下面的衬衫口袋。

“妈妈”乐颠颠地说：“一边喝汤，一边看钥匙奶奶的连环画剧吧！看完再吃可好？”

良太肚子也彻底瘪了。但不知为什么，他没有动手夹生鱼片，而是乖乖地喝了口清汤。好咸！

① 编者注：一种绿植，叶子形似手掌，非常宽大。

1000
NKO
J767184Q

“妈妈”从旅行袋里掏出连环画剧，名字叫《吹牛大王赚钱记》。

再也等不下去的阿卓他们，一齐朝菜肴伸出手去。刹那间，尖叫声响起：

“生鱼片，好怪的生鱼片！这么硬，夹不动！”

“牛排，切不动！”

“炸肉饼，咬不动！”

美香差点儿哭了。良太和友里慌忙用筷子夹了夹生鱼片。结果大吃一惊！这东西肯定是塑料模型或蜡雕。

活鱼样式的一堆生鱼片也好、海胆也好，都粘在一起，怎么分都分不开，看上去软软的虾肉饼和牛排也硬邦邦的，怎么切都切不开。

友里脸色变了，说：“喏，你们看！全都是商店或餐馆展示窗里的饭菜样品——标本！”

良太也不由得叫道：“一点不错！这玩意儿，不是吃的东西！骗人！”

不料“妈妈”嬉皮笑脸地说：

“哪里哪里，这生日蛋糕、清汤、橙汁，还有仙客来花，都是真的嘛！”

这叫什么“家庭餐厅”！除了小里小气的生日蛋糕、咸得要死的清汤、橙汁、仙客来花，统统是假的——还说得那么满不在乎。

“阿姨！！”阿卓使劲儿瞪着“妈妈”。

“妈妈”以一副若无其事的样子装糊涂：“我可是妈妈哟！什么事？阿卓。”

“我明白了，阿姨，其实你不是阿姨！”

“什么意思，阿卓？”

“阿姨其实不是女的，是男的，是吧？”

“是吗？妈妈看上去是那样的吗？”“妈妈”把一根手指贴在脸颊上，发出甜腻腻的声音。

喝得大醉特醉、样子像是赤面鬼的“爸爸”，用转动不灵的舌头开口了：“我们嘛，卖的是真情啊！让你们这么团团圆圆，不是很快乐吗？爷爷、奶奶、妈妈、哥哥、厨师，还有我这个爸爸六个人都来了。就算牛排是玩具、生鱼片是假的，但也同样是一家团圆的生日宴会嘛！是不是？老伯！”

于是，“坏心眼儿老爷爷”摇晃着肩膀说：“正是，一点儿不错。是吧，奶奶？”

这么着，就连“钥匙奶奶”人偶也说话了：“是的是的，爷爷。吃的东西，都是次要的，关键是真情。那么，给孙子们表演连环画剧吧！”

这算怎么回事呢！良太心想，肚子瘪了又瘪，哪里顾得上看《吹牛大王赚钱记》呢！

这时，他心里忽然一惊！难怪一开始就觉得这三个人好像在哪里见过。

对了！肯定是在《钥匙奶奶化身邦女郎》里面见到的那三个绑架犯！

他小声对友里耳语：“这三个人，是不是《钥匙奶奶化身邦女郎》里面的犯人？”

“我也正那么想……我好害怕！这可怎么办好？”小声嘀咕的友里的嘴唇，眼看着青了。

突然，远处传来警车的警笛声。

“爸爸”顿时脸色发紫：“什么，

那是？长竿子，是警车？”

“是警车啊，头儿！”

他们明确地以“长竿子”“头儿”相称。已经毫无疑问！厨师模样的溜溜球哆哆嗦嗦地说：“头儿，麻烦了！回去吧，磨蹭不得！”

“是的，头儿！回去吧！”

警车的警笛声似乎渐渐变小了，但头发一圈圈卷起的长竿子手忙脚乱地把“钥匙奶奶”人偶和连环画剧塞进旅行包。

溜溜球也把假的生鱼片小船、牛

排、炸肉饼装进外卖盒。阿卓叫喊起来：“连环画剧没演就回去了？太狡猾了！”

“下次，还有下次，请再打电话给‘钥匙奶奶的家庭餐厅’！”

三人留下长竿子这句话，这个“冒牌家庭”眨眼之间就跑出门去，哪里都找不见了。

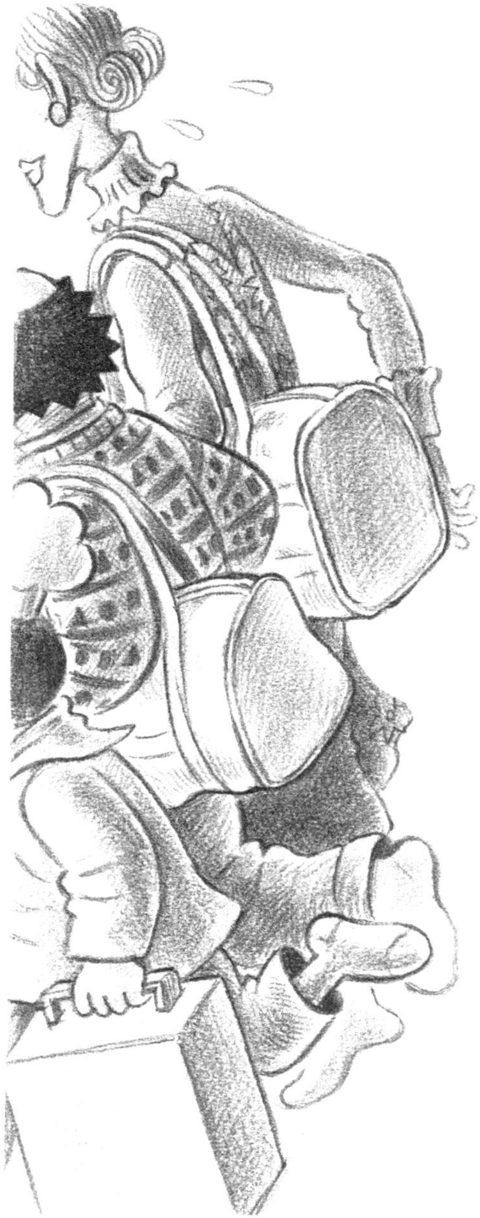

落下的仙客来

不知何时，外面整个暗了下来，笼罩在冬日苍茫的暮色里。

餐桌上孤零零只剩下一样东西——那三个人落下的仙客来花。

阿健、阿刚、阿和早已回去了，但良太和妹妹美香仍留在友里和阿卓住的公寓套间。

好不容易叫了“钥匙奶奶的家庭餐厅”，可四个人都落得个饥肠辘辘。

良太说："我去面包店买点什么。"

一年级五个人好歹还算是吃了那小小的蛋糕，但良太和友里只喝了几口橙汁和咸咸的清汤。

因为提议叫那家餐厅的是良太，良太觉得十分对不起友里和阿卓他们。

"我也去。"友里说。

"不必了，我一个人去。"良太正要出门，忽然传来微弱的歌声。

妈妈忙坏了　乒乒乒

实在忙不过来了　乒乒乒乒

洗衣机　乒——乒——

微波炉　乒——乒——

歌声像是从厨房传出的。是谁呢？良太和友里对视一下。

电饭锅　乒

电水壶　乒乒乒

从早到晚　被电子声追个不停

妈妈不得安宁

有没有机器人妈妈呢

两人蹑手蹑脚走去厨房查看。

果然！唱歌的是钥匙奶奶！

钥匙奶奶一边煮着意面，一边在蒸蒸腾腾的热气中高兴地唱着。

“钥匙奶奶！！”两人同时叫道。

钥匙奶奶回过头，朝两人露出笑脸，那是让人身心融化般的慈祥的笑脸。

“可口的意面马上就好了哟！”

乒——！微波炉响了。

“烤好了？用电子微波炉烤，这还是头一次。”

钥匙奶奶从微波炉里取出烤得正

好的松糕，香喷喷的奶油味一下飘荡开来。

“像是烤得不错啊！”钥匙奶奶满意地说罢，紧接着开始炒带壳蛤仔。

友里大声叫美香和阿卓：

“美香、阿卓，钥匙奶奶来了哟！”

两人跑来厨房。美香两眼瞪得圆圆的：“钥匙奶奶！原来钥匙奶奶不是传说啊！”

“钥匙奶奶来了，谢谢！”阿卓很有礼貌地致谢。

钥匙奶奶笑眯眯地说：“今天不是

阿卓的生日吗？赶紧给你们这些小饿鬼简单做点儿吃的。”

不大一会儿工夫美味就摆上了餐桌：香喷喷的蛤仔鲜虾意面、一大盘热乎乎的松糕、草莓香蕉奶酪，还有热带水果汁。

钥匙奶奶悠然坐在椅子上说：“阿卓，生日快乐！不好意思啊，用不花时间的速食品给你过生日。不过，要是做花式蛋糕，你们怕是等不及了，肚皮和后背贴在一起了吧？虽说是没有蜡烛的松糕，但也比那家‘家庭餐厅’好吃多了吧？”

阿卓表现出一副“那还用说”的表情：“钥匙奶奶，您可知道那假套餐、那怪模怪样的人偶、那醉醺醺的大胡子叔叔他们？”

钥匙奶奶朝阿卓俏皮地闭起一只眼睛：“毕竟送了一盆仙客来花，就不说人家坏话了。我来个美声伴奏怎么样？”

说着，钥匙奶奶动听地哼唱起《祝你生日快乐》。

四个人边听边吃，吃香香的意面，吃美美的松糕，吃甜甜的水果奶酪。

“钥匙奶奶，”阿卓说，“弄假套餐的那三个人，绝对要给警察逮住的吧？”

“用虚假广告招揽客人，那肯定是坏事。要是没见到那张传单，良太君应该也不会办出今天这样的瘪肚子生日庆祝会。”

是的，责任在良太身上。良太有气无力地咽下一口眼前的意面。

“对了对了……该演连环画剧了！”钥匙奶奶从黑提包里取出连环画。剧名是《吹牛大王赚钱记》。

阿卓吃惊地大声说：“这个连环画

剧，是刚才男阿姨拿来的！”

“男阿姨……？”钥匙奶奶似乎感到费解，马上又笑了起来。

良太也想起头发一卷一卷的“男妈妈”，他和友里险些笑出声来。

“不错，阿卓，这是那三个人制作的连环画剧。我这就念一念。另外，阿卓、美香，不管怎么饿，吃饭都要慢慢吃。慢慢吃，吃的东西才会有两三倍的营养效果。”

“嗯，记住了。”阿卓乖乖答应，美香也点点头。

钥匙奶奶啜了口茶，开始念连环画剧。

连环画剧
——《吹牛大王赚钱记》

01 脑袋若不好使，就吹不成牛。

脑袋好使的吹牛大王萨姆，来到大富豪乔治家：

“乔治，我捕获了一头特别大的鹿，十美元买不买？”

聪明绝顶的大富豪乔治回答：“三美元就买下来！”

“那么，四美元加一瓶威士忌，这回怎

么样？”

乔治想能赚一笔。

“OK，四美元加一瓶威士忌。那么，鹿在哪儿？”

（骗人的时候，让对方觉得能赚这一点很重要）

02 于是，萨姆微微笑着回答：

“乔治，感恩牧场的好莱好莱河边有一棵冷杉树，你知道的吧？”

（说谎时面带让对方信任的微笑很重要。）

“啊，知道知道。”大富豪乔治应道。

“鹿藏在那棵冷杉树下面。”

乔治递给萨姆四美元和一瓶威士忌，赶紧骑马去取鹿。

03 萨姆喝威士忌喝得烂醉如泥，睡了过去。正睡着，乔治骑马跑了回来。

“萨姆！哪里有什么鹿！你这个说谎鬼！快，还我四美元和威士忌！”

“没必要那么大吼大叫吧！”萨姆镇定自若。

（要想说谎说到底，镇定很重要。）

“乔治，假如我说的话有一多半是真的，你还会让我还钱和威士忌吗？”

“你这家伙说的话，什么时候都没有一

句是真的。如果有一半是真的，就不叫你还钱了！”

04 “好咧，那么，乔治，感恩牧场是有的吧？”

“嗯，有的。”

“那么，好莱好莱河是没有的喽？”

“不，有的有的。”

“冷杉树怕是没有吧？”

“不，有的。”

“你看，乔治，”吹牛大王萨姆心满意足地说，“没有的只是鹿，别的全都真有。所以嘛，我说的话一多半都是真的——我哪里会还你钱和威士忌呢！”

大富豪乔治惊得哑口无言。

“完了，那三个人的连环画剧念完了。”钥匙奶奶一面把连环画剧放进手提包，一面大为惊讶地说，“那三人究竟想的是什么呢？什么吹牛要脑袋好使啦，什么微笑对吹牛多么重要啦，这样的连环画剧岂不成了‘骗子教科书’？”

太荒诞了！良太笑了起来。但由于吃得太饱，一笑就难受，结果笑也笑不成，他只好捂着肚子不动。

这时，外面传来了警车的警笛声。而且不止一辆，似乎有两三辆在跑来跑去。

“是来抓那三个人的！”阿卓蹿到阳台。

“肯定是！”美香接了一句。

大家急急忙忙跑上阳台。

“雪！”友里说。

什么时候开始下的呢？小清雪像是被夜晚的大街小巷吸进去似的不断

飞舞着落下。雪幕的前方，公寓楼里一户户人家房子的窗口，灯光一闪一闪眨巴着眼睛。

忽然，警车的警笛声停止了，四下一片寂静，寂静得有些反常。

“警车怎么回事呢？”一边这么说着一边回头往房间里看的友里猛地喊了起来，“钥匙奶奶不见了！去哪里了？钥匙奶奶！！”

刚才还面带慈祥微笑的钥匙奶奶真的不见了。大家一起找了起来，但无论哪里都没有钥匙奶奶的身影。

刚才大家一起吃的意面的盘子也好、炸肉饼也好，也都没有了。只有那三个人落下的那盆仙客来仿佛不好意思地低头不语。

友里一边往阳台走一边说：“可我肚子饱饱的哟……”

“我也肚子饱饱的哟！”阿卓鹦鹉学舌地重复一句，随后走上阳台。

良太做梦似的说：“我们见到了钥匙奶奶！钥匙奶奶真的有哟！不是什么做梦，绝对不是！”

友里一边俯视雪夜中的市容一

边说："的的确确！我们见到了钥匙奶奶！"

友里的妈妈、良太的妈妈一会儿就要回来了。可今天的事该怎么说才好呢？

后 记

时常有人给钥匙奶奶写信，在这里我替钥匙奶奶谢谢大家！

这本书里，久违的大胡子、长竿子、溜溜球出场了。继小歌手绑架事件（《钥匙奶奶化身邦女郎》），卷走探险的孩子们报名费事件（《钥匙奶奶的冒险岛之旅》）之后再一次出场，这三个人竟然只想如何为非作歹。

大胡子大言不惭：“一个孩子的成

长，要靠全村人支撑”——这句话是棒极了的非洲名谚。

“一个孩子，仅靠父母的能力是养育不了的，要由全村人齐心合力、充满爱心地养育才行。并且，孩子是村子的财宝。”——大约是这个意思。但在现代国家，小家庭化势不可当。即使对于成年人来说，作为民众共同体的生活场域也正在消失。

因此，处于弱者地位的孩子们已不再是“被大家喜爱、教育和养育的村之子、地方之子”，一切只能靠父母。不妨说，无论是对钥匙孩儿还是对非钥匙孩儿，人世都已变得闭塞、孤独起来。

大胡子盯住的恐怕正是这样的地方。但不用说，三人想必都已在牢狱里面。作为你，继续安心学自己喜欢的东西好了！

《吹牛大王赚钱记》，是把美国拓荒时期实有之事加工润色的结果。

手岛悠介